기획의 말

그리운 마음일 때 'I Miss You'라고 하는 것은 '내게서 당신이 빠져 있기(miss) 때문에 나는 충분한 존재가 될 수 없다'는 뜻이라는 게 소설가 쓰시마 유코의 아름다운 해석이다. 현재의 세계에는 틀림없이 결여가 있어서 우리는 언제나 무언가를 그리워한다. 한때 우리를 벅차게 했으나 이제는 읽을 수 없게 된 옛날의 시집을 되살리는 작업 또한 그 그리움의 일이다. 어떤 시집이 빠져 있는 한, 우리의 시는 충분해질 수 없다.

더 나아가 옛 시집을 복간하는 일은 한국 시문학사의 역동성이 드러나는 장을 여는 일이 될 수도 있다. 하나의 새로운 예술작품이 창조될 때 일어나는 일은 과거에 있었던 모든 예술작품에도 동시에 일어난다는 것이 시인 엘리엇의 오래된 말이다. 과거가 이룩해놓은 질서는 현재의 성취에 영향받아 다시 배치된다는 것이다. 우리는 현재의 빛에 의지해 어떤 과거를 선택할 것인가. 그렇게 시사(詩史)는 되돌아보며 전진한다.

이 일들을 문학동네는 이미 한 적이 있다. 1996년 11월 황동규, 마종기, 강은교의 청년기 시집들을 복간하며 '포에지 2000' 시리즈가 시작됐다. "생이 덧없고 힘겨울 때 이따금 가슴으로 암송했던 시들, 이미 절판되어 오래된 명성으로만 만날 수 있었던 시들, 동시대를 대표하는 시인들의 젊은 날의 아름다운 연가(戀歌)가 여기 되살아납니다." 당시로서는 드물고 귀했던 그 일을 우리는 이제 다시 시작해보려 한다.

기획의 말

그리운 마음일 때 'I Miss You'라고 하는 것은 '내게서 당신이 빠져 있기(miss) 때문에 나는 충분한 존재가 될 수 없다'는 뜻이라는 게 소설가 쓰시마 유코의 아름다운 해석이다. 현재의 세계에는 틀림없이 결여가 있어서 우리는 언제나 무언가를 그리워한다. 한때 우리를 벅차게 했으나 이제는 읽을 수 없게 된 옛날의 시집을 되살리는 작업 또한 그 그리움의 일이다. 어떤 시집이 빠져 있는 한, 우리의 시는 충분해질 수 없다.

더 나아가 옛 시집을 복간하는 일은 한국 시문학사의 역동성이 드러나는 장을 여는 일이 될 수도 있다. 하나의 새로운 예술작품이 창조될 때 일어나는 일은 과거에 있었던 모든 예술작품에도 동시에 일어난다는 것이 시인 엘리엇의 오래된 말이다. 과거가 이룩해놓은 질서는 현재의 성취에 영향받아 다시 배치된다는 것이다. 우리는 현재의 빛에 의지해 어떤 과거를 선택할 것인가. 그렇게 시사(詩史)는 되돌아보며 전진한다.

이 일들을 문학동네는 이미 한 적이 있다. 1996년 11월 황동규, 마종기, 강은교의 첫 시집들을 복간하며 '포에지 2000' 시리즈가 시작됐다. "생이 덧없고 허기질 때 이따금 가슴으로 암송했던 시들, 이미 절판되어 오래된 명성으로만 만날 수 있었던 시들, 동시대를 대표하는 시인들의 젊은 날의 아름다운 연가(戀歌)가 여기 되살아납니다." 당시로서는 드물고 귀했던 그 일을 우리는 이제 다시 시작해보려 한다.

당신은 어딘가로 가려 한다

문학동네포에지 092

이병률 시집

당신은
어딘가로
가려
한다

이 시집을 어느 비린 저녁 찾아온 그리움에게 바친다

시인의 말

인연에 대해 생각하다가
인연과 세월을 떠돌다가
인연과 세월과 풍경을 바라보는 시간까지 왔다.

돌이킬 수 없는 것들을
여전히 만져지지 않는 아름다움을
스침이 많아 상처가 된 내력들을
내려놓지 못하는 것이 어찌 시뿐이겠는가.

2003년 가을
이병률

개정판 시인의 말

이 시집이 길을 냈다

초원이었다

서쪽이었다

바람이 바람을 흔들었다

사람이 보였다

2024년 가을
이병률

차례

4부

5부

1부

누(累)

늦은 밤 쓰레기를 뒤지던 사람과 마주친 적 있다
그의 손은 비닐을 뒤적이다 멈추었지만
그의 몸 뒤편에 밝은 불빛이 비쳐들었으므로
아뿔싸 그의 허기에 들킨 건 나였다
살기가 그의 눈을 빛나게 했는지 모르겠으나
환히 웃으며 들킨 건 나라고 뒷걸음질쳤다
사랑을 하러 가는 눈과 마주쳤을 때도 그랬다
늦은 밤 빨랫감을 털고 있는 내 방 창문을 지나
막다른 골목으로 발걸음을 재촉하던 숫그림자는
구두굽에 잔뜩 실은 욕정을 들키자
번뜩이는 눈으로 달겨들 채비를 하고 있었다
이럴 때 눈이 눈에게 말을 걸면 안 되는 심사인데도
자꾸 아는 척해야 할 일이 있는 사람처럼
내 눈은 오래도록 그 눈들을 따라가고 있다
또 한 번 세상에 신세를 지고야 말았다 싶게
깊은 밤 쓰레기 자루를 뒤지던 눈과
사랑을 하러 가는 눈과 마주친 적 있다

밤 열두시

1
밤 열두시는
혼자 시키는
떡볶이 1/2인분과 순대 1/2인분이다
그것도 다 식은 채로
한 접시에 나란히 나오는 것이다
순대는 고추장에 닿지 않으려고
한사코 한쪽을 지키고 있고
떡볶이는 순대 쪽으로 진물을 흘리고 있다

순대 먼저 먹을지
떡볶이 먼저 먹을지
밤 열두시는 삶에 있어 절반이다

2
밤 열두시는
밥 한 공기를 시켜
당신과 내가 나눠 먹는 일이다
그러다 밥 속에서 눈썹이 나오면 눈썹을 떠내어
몰래 식탁 밑으로 숨기는 일이다
당신의 숟가락이 지나간 자리엔
붉게 수술 자국 생겨나고
사과나무 하나 뽑혀나간 것 같은 구덩이는
두 사람이 걸어온 밤길처럼 물컹하다

반찬 묻은 쪽을 먹어야 할지
안 묻은 쪽을 먹어야 할지
밤 열두시는 삶에 있어 절반이다

가슴을 쓸다

빚을 갚지 않은 인연이 있어
나무에 대고 비는 일이 많아졌다
빚을 빚으로 손에 쥐어주지 않아
오래도록 마음 녹지 않는 사람 있어
돌에도 빌다 물에도 빌고 뿌리에도 빈다
흔들리는 긴 머리의 뒷모습을 보이는 사람에게도 빌고
초겨울 밭에 다 익어 떨어졌겠지 싶은
열매에게도 고개 수그린다
빌어 갚아지는 것이 빚이 아님에도 빌고
빌고 쌓아야 하는 것이 공덕이 아님에도 빈다
스스로 조아리지 않더라도
멀리 날던 새가 몸을 낚아 비탈에 끌어다 벌주기도 하고
하다못해 식탁 옆에 떨어져 밟힌 쌀알에도 놀라
양손을 모으다 통곡하게 한다
빚으로 야위어 세월의 중심에 눈길 주지 못하는 이
이자도 갚지 않아 길에 나돌아댕기지 못하고
마음만으로 미쳤다 소용돌이치는 값이 있다
저녁 그림자는 달에 닿은 지 오래건만
진종일 물가를 다 돌고도 모아지지 아니하는 생빚이 있다

화양연화(花樣年華)*

줄자와 연필이 놓여 있는 거리
그 거리에 바람이 오면 경계가 서고
묵직한 잡지 귀퉁이와 주전자 뚜껑 사이
그 사이에 먼지가 앉으면 소식이 되는데
뭐 하러 집기를 다 들어내고 마음을 닫는가

전파사와 미장원을 나누는 붉은 벽
그 새로 담쟁이넝쿨이 오르면 알몸의 고양이가 울고
디스켓과 리모컨의 한 자 안 되는
그 길에 선을 그으면 아이들이 뛰어노는데
뭣 때문에 빛도 들어오지 않는 마음에다
돌을 져 나르는가

빈집과 새로 이사한 집 가운데 난 길
그 길목에 눈을 뿌리면 발자국이 사라지고
전봇대와 옥탑방 나란한 키를 따라
비행기가 날면 새들이 내려와 둥지를 돌보건만
무엇하러 일 나갔다 일찌감치 되돌아와
어둔 방 불도 켜지 않고
퉁퉁 눈이 붓도록 울어쌓는가

* 영화감독 왕가위의 작품 제목. '인생에서 가장 아름답고 행복한 순간'이라는 뜻을 담고 있다.

생의 절반

한 사람을 잊는 데 삼십 년이 걸린다 치면
한 사람이 사는 데 육십 년이 걸린다 치면
이 생에선 해야 할 일이 별로 없음을 알게 되나니

당신이 살다 간 옷들과 신발들과
이불 따위를 다 태웠건만
당신의 머리칼이 싹을 틔우더니
한 며칠 꽃망울을 맺다가 죽은 걸 보면
앞으로 한 삼십 년쯤
아무 일도 일어나지 않을 거라는 사실을 아는 데
꼬박 삼십 년이 걸린 셈

이러저러 한생의 절반은 홍수이거나 쑥대밭일진대
남은 삼십 년 그 세월 동안
넋 놓고 앉아만 있을 몸뚱어리는
싹 틔우지도 꽃망울을 맺지도 못하고
마디 곱은 손발이나 주무를 터

한 사람을 만나는 데 삼십 년이 걸린다 치면
한 사람을 잊는 데 삼십 년이 걸린다고 치면
컴컴한 얼룩 하나 만들고 지우는 일이 한생의 일일 터

나머지 절반에 죽을 것처럼 도착하더라도
있는 힘을 다해 지지는 마오

스미다

새벽이 되어 지도를 들추다가
울진이라는 지명에 울컥하여 차를 몬다
울진에 도착하니 밥냄새와 나란히 해가 뜨고
나무가 울창하여 울진이 됐다는 어부의 말에
참 이름도 잘 지었구나 싶어 또 울컥
해변 식당에서 아침밥을 시켜 먹으며
찌개냄비에서 생선뼈를 건져내다 또다시
왈칵 눈물이 치솟는 것은 무슨 설움 때문일까
탕이 매워서 그래요? 식당 주인이 묻지만
눈가에 휴지를 대고 후룩후룩 국물을 떠먹다
대답 대신 소주 한 병을 시킨 건 다 설움이 매워서다
바닷가 여관에서 몇 시간을 자고
얼굴에 내려앉는 붉은 기운에 창을 여니
해 지는 여관 뒤편 누군가 끌어다놓은 배 위에 올라앉아
어깨를 들썩이며 울고 있는 한 사내
해바라기 숲을 등지고 서럽게 얼굴을 가리고 있는 한 사내
내 설움은 저만도 못해서
내 눈알은 저만한 솜씨도 못 되어서 늘 찔끔하고 마는데
그가 올라앉은 뱃전을 적시던 물기가
내가 올라와 있는 이층 방까지 스며들고 있다
한 몇 달쯤 흠뻑 앉아 있지 않고
자전거를 끌고 돌아가는 사내의 집채만한 그림자가
찬물처럼 내 가슴에 스미고 있다

중세의 가을

가평의 어느 캠프촌, 모두 잘 시간
술 취해도 잠 못 드는 사람들이 하나둘 불가로 모이지만
모두 모르는 사람들입니다
어쩌다 바람 불면 솟구치는 연기를 피해
이리 몰렸다, 저리 몰렸다
서로 눈을 피해 웃기도 했습니다

누군가 나무를 가져오기도 했고
불에 대해 아는 척하는 이도 있었습니다
그사이 모르는 이에게 어깨를 기댄 사람도 있었고
주머니에서 생밤을 꺼내 불가로 던져 넣는 사람도 있었습니다

그 무렵 바람 불고
어쩌다 데었을 법한 한 사람의 가슴께가 벌어지더니
붉은 이파리 하나 떨어집니다
붉은 이파리를 받은 불은
큰 산과 들판 하나를 뒤집고도 남을 기세로 솟구칩니다

불 무덤 속에서 사원의 문 열리고
들어오라는 들어오라는 손짓 따라
사람들은 일체의 내력을 내려놓고
한 줄 행렬을 이루었습니다

아물지 못하는 저녁

눈발 쏟아지는 길을 걸어 식당을 찾아냈다. 인적 없는 식당 안을 채우고 있는 소란스러운 냄새, 냄비에 뭔가 끓고 있었다. 아무리 기다려도 주인은 오지 않고 내심 앓는 소리로 끓고 있는 냄비에만 마음이 쓰였다. 허기 때문이기도 했지만 뭔지 모를 그것이 다 졸아 타버리면 어쩌나 하는 마음에 뚜껑을 여니, 두 줄로 포개어져 끓고 있는 두부에 붉은 물이 들고 있었다. 도마 위에는 긴 머리칼 한 올과 가지런히 썰어놓은 파 한 뿌리. 아, 나도 모르는 사이, 냄비 안에 파를 집어넣고 숟가락을 들어 한입 두부를 자르고 있는 나.

푸지게 공허만 차려놓고 돌아오지 않는 주인은 어딜 간 것일까. 보따리만 만지작거리며 앉아 있는 이 매몰찬 안간힘을 어쩔 텐가. 물기가 내려앉아 얼기 시작한 창문 밖으로 눈발은 그치질 않고 식당 안으로는 문을 닫아걸어야 할 것만 같은 어둠이 몰려들기 시작했다.

크고 오래된 나무

중국 산둥성 어느 작은 마을의 부부들은 잠을 잘 때,
서로 발을 맞대고 거꾸로 누워 잠을 잔다.

1

그대를 비탈 한가운데 묻고
그 비탈 주변에서 눈물 흘리던 새들도 묻고
탕국에 밥을 말아 먹는다
그대가 묻힌 곳으로부터 얼마쯤 떨어진 곳으로
옮겨 걸을 수 있을까를 생각한다
한참 동안 소나무 숲을 걷는다
학교를 지나고 하늘로 분사되는 풍금 소리도 보내고
마을로 돌아와 이삿짐을 싼다
한참 만에 밤이 왔다는데 알 수가 없다
짐 싸야 할 것들이 무겁고 혐오스러워 알아볼 수 없다

발을 씻는다, 혼자 발을 씻은 지도 오래되었다
나의 애인은 키가 컸다
그러고 보니 발을 다 묻지 않았다
누군가 내 애인의 부음을 듣고 찾아와 울었다 해도
묻히지 않은 발을 땅속으로 밀어넣지 않기를 바랄 뿐

수건으로 발을 닦는다
한 발은 애인의 것이고 한 발은 나의 것이다
발을 모은다

발을 모으고 통곡을 한다

2

발을 맞대고 보니,
참 오랜 세월 나는 나한테만 잘하면서
살았단 생각이 드는구려
발 닿지 않으면,
발 하나를 그리워하다 십 리 밖까지 나갔다 돌아와
혼곤해져 잠든다는 사람 얘기가
얼굴 가려움만큼만 와닿더니
이제 발이 없으면
밤새 얼굴 위에 내려앉는 흐느낌처럼 서늘해
잠을 못 자겠구려
기댈 발을 찾다 못 찾고,
저 혼자 홧홧하게 부풀어오른 발을 생각하며
자꾸 민망해하는 사람이여,

여기 두 발을 놓고 가노니
오래오래 쓰다 묻어주구려

장도열차

대륙에 사는 사람들은 긴 시간 동안 열차를 타야 한다.
그래서 그들은 만나고 싶은 사람이나 친척들을
아주 잠깐이나마
열차가 쉬어가는 역에서 만난다.
그리고 그렇게 만나면서 사람들이 우는 모습을
나는 여러 번 목격했다.

이번 어느 가을날,
저는 열차를 타고
당신이 사는 델 지나친다고
편지를 띄웠습니다

5시 59분에 도착했다가
6시 14분에 발차합니다

하지만 플랫폼에 나오지 않았더군요
당신을 찾느라 차창 밖으로 목을 뺀 십오 분 사이
겨울이 왔고
가을은 저물 대로 저물어
지상의 바닥까지 어둑어둑했습니다

2부

이사

이삿짐을 싸다 말고
옥상에 올라가 담배를 피우다보니
그냥 두고 갈 뻔한 고추 몇 대
미안한 마음에 손을 내미니
빨갛게 매달린 고추가
괜찮다는 듯 떨어진다
데려가달라고 하지 않으면
모른 체 데려가주지 않는 생
새벽하늘을 올려다보니
눈을 찌르는 매운 물기

벼랑을 달리네

문상 다녀오는 체감온도 영하 십육 도의 추운 밤
경사진 도로에서 차로 뛰어드는 여자를 보고 놀라 급히 차를 세우는데
뒷자리에 타자마자 '가양동 2단지'를 외치는
택시가 아니라 해도 슬프도록 코를 골며 잠을 청하는
화장품 냄새 반 술냄새 반에 전 난취의 여자
그래도 내리라 하지 않고 조심스레 차를 몰 수 있었던 건
당신처럼 갈기갈기 사지가 찢긴 채
누군가 나를 데려다 눕혔으면 했던 의식을 부탁해왔기 때문이다

가양동 2단지 앞에 차를 세운 영하의 밤
잠든 여자를 깨운다 눈인사도 한마디 말도 없이
아무렇게나 벗어놓았던 목도리를 반듯하게 개어놓고
휘청휘청 아파트 단지 안으로 발걸음을 떼어놓는 여자
여자의 모습이 보이지 않을 때까지 자리를 뜨지 못한 건
나도 벼랑 끝에 살며 당신처럼 핏발의 냄새 풍긴 적 있기 때문이다

이상하게도 춥지 않다 싶게 집으로 되돌아오는 밤
무언가 하얗게 시야를 덮쳐 급히 차를 세웠더니
도로에 떨어져 휘날리고 있는 두루마리 휴지
인사 대신 남겨둔 여자의 목도리처럼
매운바람 속에서 하얗게 몸을 풀며 구르다

놀라 멈춰 선 차를 감싸며 흐느끼고 있다
가지런히 양손을 무릎 위에 올려놓고 차 안에서 눈감을 수 있었던 건
나도 당신처럼 머리를 풀고 누군가의 품에 안겨
마지막인 양 파닥이고 싶었던 적 있기 때문이다

어느 비린 저녁 일요일

이십 년 넘게 다니는 지하 목욕탕에 괄호를 씻으러 갔다
괄호를 닦는 동안 하나둘 사람들이 빠져나가고
달랑 혼자 남은 목욕탕엔 어느새 한기가 들어와 사방을 둘러본다
시계를 보다 미안한 마음으로 서둘러 나오는데
때밀이 아저씨가 손을 잡아끌며 소주 한잔하고 가라 한다
옷이라도 주워 입고 앉겠다 했더니
다 안 입고 있노라고 옷 입으면 반칙이라며 너스레를 떤다
옷장 뒤 연기 속에서 고기를 굽는 벌거숭이 사내들

순식간에 물비린내와 비누 냄새와
괄호를 잡아먹는 저 현란한 고기 냄새들
젓가락으로 고기를 집다가
재차 민망한 기분이 되어 옷이라도 입자 했더니
냄새 밴다고 다 먹고 욕탕에 들어가 씻으면 그만이라는 이발사
담뱃불을 붙이며 방귀를 뀌는 이도 있었고
아랫도리가 늘어질 대로 늘어져 바닥에 끌리는 이도 있었다

밖에 여전히 비가 내리는지 모르도록 술판이 눈부셔갈 무렵

유민들이 제 살들을 찾아내 소금기름에 담그고 있다
어찌어찌 다섯 병의 소주병이 비워지고
탕 안에 붉게 구워진 몸통을 담그며
아프게 눈을 감는 사내들
수면에 내려앉는 저 고요한 취기를 태우고 떠다니는 물방울들
나는 술이 닿아도 젖지 않는 괄호를 걸어두고
사내들이 내려놓은 몸에 비누칠을 해주었다

풍경의 뼈

단양역 지나
단성역 네 평 대합실에는
온실에 들어선 것처럼 국화 화분이 많습니다
정중앙에 탁구대도 있고
연못도 있고
역기도 있고
자전거도 들여다놓고

잉꼬도 한 쌍
늙은 쥐도 한 쌍
물고기도 한 쌍
살아 있는 것들은 다 짝을 이루었습니다

하지만
상행 두 편
하행 한 편
열차 시간표 빈칸에는 적요만 도착합니다

물 끓는 난로 옆에 앉아 이야기를 나누던
역무원 두 사람이
희끗희끗 내리는 눈송이에 고개를 돌리고 있다는 사실도
이 속절없는 풍경 안에 넣어야 할까요

오래된 집

창밖에는 비 오구요 그 창 아래 술 마시자 찾아온 친구가 잠들어 있구요 얼마 마시지 못하고 잠든 친구의 잠 위로 젖은 이파리들이 들이치구요 나는 한밤중에 미역국을 끓입니다 아침에 파업시위 하러 가는 친구가 일어나 먹을지 말지 알 수 없는 국입니다 혼자 사는 치들끼리 서로 멀리 살아야 되겠느냐며 멀지 않은 곳으로 이사 와 준 친굽니다 소리 죽여 푸룩푸룩 미역국이 끓는 동안 친구가 지리산에서 따왔다는 매실로 담가둔 술을 개봉하구요 꼬박 넉 달을 기다린 술병 앞에 혼자라 미안하구요 창밖에는 비 점점 거세어지고 난 저 비를 다 마시는 듯합니다 잘 익은 인연에 수없이 등돌렸다 싶어 술맛은 소태처럼 쓰구요 친구는 슬픈 등짝을 보이다 허튼 구호를 외치다 자꾸 까부라집니다 창밖에는 비 오구요 오래된 창 아래 아침이면 미역국을 먹을지 말지 알 수 없는 사람 하나 웅크려 잠들어 있구요

절 축대 밑에 한 마리 밀뱀

이곳에는 혼자 머무르시나 했더니 아니라 했다.
산토끼 두 마리, 불두화나무 밑둥치에서 기어나오는
개미를 먹고 사는 두꺼비 두 마리,
그리고 반딧불이 네 마리와 함께 산다 했다.
집채 밑에는 두 마리, 그리고 축대 밑에
한 마리 밀뱀도 있다 했다.
그것들은 봄, 가을 두 철로 허물을 벗어
제가 있음을 알리기는 하나,
몸을 숨겨 자중하니 눈에 띄지 않는다 했다.
—김영옥, 『봐라, 꽃이다!』에서

처마밑에서 만난 작은 아이 때문이었다
그 아이가 아니었더라면
나는 당신을 만나러 몇 번이고 산으로 들지도
당신의 숨소리를 이고 일어나지도 않았을 것이다
민머리 개미들이 햇빛을 나르던 날
아이의 빠진 앞니를 밟았기 때문이었다

그후, 당신을 만나러 가는 길
물집 같은 눈물을 터뜨리며 쉬어가는 상여를 따르다
자꾸 발을 헛디뎌 물끄러미 빠진 발이
내 것인지 남의 것인지 모르겠을 적에
몸을 벗겨 허물을 들어 흔들던 아이
나를 향해 환하게 인사하시는 것이었다

몇 번째 당신인지 아이인지를 만나러 가는 길엔
잠 덜 깬 정신들이 몇 번째 서리를 맞곤 했다
겨우내 중심이며 주변이 막막하지는 않더냐며
나와 아이가 닮았더라고 당신이 그랬을 적에
큰 산불이 나고 몸이 붓고
하여 이해되기에는 놀라운 반점들이
수염 밑으로 붉게 돋는 것이었다

처마밑에서 만난 작은 아이 훌쩍 자라
법당에 벗어놓은 제 신발을 가리키며 작다 하더니
슬그머니 나를 아버지라 부르시는 것이었다
천불만불 사과꽃들이 시킨 일이었을 게다
중심이며 주변 어디에도
물큰히 죄를 쏟아놓은 적 없이 아이를 얻은 나에게
처마밑 당신이 켜놓은 삼십 촉 전구는 너무 환한 것이었다

북쪽 여자

밤기차를 타고 온 여자가 스카프를 날리며 쉬엄쉬엄 가방을 나르거든, 잊고 있었다는 듯이 담배를 피워 물고 가방에 걸터앉거든 나 못 봤다 하오 한 나무가 얼굴이 까칠한 여자의 배경이 되어 흔들리거든 나 무르팍으로 기어기어 멀리로 갔다 하오 그녀를 가로막던 달빛이 그녀를 안고 넘어져 피가 흐르거든, 늙은 양손에 쥐어진 비린내를 묵직한 가방들만이 위로하거들랑 나 다 피어 문드러졌다 하오 당분간 날아들 삶에 관한 일체의 간격들을 내 막아낼 수 있을 것 같더라도 꼭 그리하오 온몸에 피를 갈아 채우리라던, 그 여자의 속살이 악다구니로 마을을 내달리거든 그녀의 연지가 시간 다퉈 지워져갈 때, 술 한 잔에 어깨까지 들썩이는 품이 주간지 책장으로도 가려지지 않거든 나 감옥에 친친 묶여 있다 하오 아, 혼탁한 강물에 머리를 처박고 질러대는 그녀의 비명에 마을 사람들이 그녀가 그럴 줄 알았다면서 잠을 뒤척이걸랑 나 그녀의 독을 마시고 석탄 백탄 되어 멀디먼 강에 가라앉았다 하오

식구

복숭아꽃 배꽃이 저녁 말을 쉬지 않을 무렵 평상에 내놓은 밥상 위에는 달랑 여섯 개의 숟가락과 여섯 벌의 국그릇 밥그릇 이것을 먹으라고 내놓은 거냐는 표정만 묵직하게 내보이는 아버지는 도무지 수저 들 생각을 않으시는 거다 우리들은 그냥 먼 데만 바라보다 복숭아꽃 배꽃이라도 따먹겠다는 양으로 그들을 향해 적이 침만 넘기는데 마당 수도꼭지가 화르르 틀지도 않은 물을 쏟아놓는 거다 아버지는 대야에 그 물을 받더니 한참을 바라보다 푸거푸거 세수를 하기 시작하는 거다 식은밥과 식은 국처럼 놓여 있던 우리들은 상을 치우고 두 방으로 나눠 들어가 트랜지스터라디오를 켜거나 책상에 앉거나 고픈 배를 방바닥에 대고 엎드리지만 아버지는 쭈그린 채로 희멀건해진 세숫물 위에 떨어지는 꽃잎만 바라보시는 거다 수장(首長)이 손대지 않으면 아무도 수저를 들지 않는 사정은 담 너머 독수리떼도 마찬가지였을까 이마가 화끈해질 정도로 물려야 했던 몇 날 며칠 저녁 밥상은 한 끼를 줄일 수 있다는 아버지의 음모이거나 정치였을지도 몰랐으므로 우리는 방 불을 끄고 화를 씹어야 했던 거다 그런 밤이면 유난했던 식구들의 코 고는 소리는 배꽃 복숭아꽃을 따느라 다 피지도 않은 나무 밑을 마구 어질러 놓았던 거다 대야 한가득 꽃잎을 비벼 달빛 아래 퍼먹는 꿈을 꾸느라 어둠 속 깊이 손 넣어 저었던 거다

공기
—중국 류저우(柳州), 어느 병실의 여의사

머리를 풀어 내린 방랑의 기운들이 신열이 되어 밤새 나를 녹였고, 물어물어 찾아간 어느 병원의 나무 칸막이 뒤에 그대, 이마 한가운데로 미세한 연기를 피워내고 있었다 그대는 유리판 위 혈액 샘플의 짙은 핏빛을 보고 고개를 끄덕였다 나는 한쪽에서 말라가는 피 묻은 솜을 들여다보며, 집에 두고 온 화분의 꽃잎도 시들었다면 이 빛깔이리라 생각했다 천천히 그대가 병인(病因)을 눈치챘다 나도 나를 눈치챘다 많은 신경들이 안으로 번뜩였고 한쪽 가슴이 싸움처럼 밀려나갔다 나에게 몇 번째였나 이 번뜩임들은, 연필 부러지는 소리보다 작게 세상을 툭 치고 지나가는 것들은

감정의 속닥거림에 취했었나 링거 바늘을 타고 들어오는 광기의 헛것들을 들이마시느라 잠 못 든, 날 찾아온 그대에게 아무 말도 할 수 없었다 진실의 마비였다 사는 일이 곤한 일인 줄 모르게 나는 다녔고, 그대도 곤한 줄 모른 채 이역 멀리서 물결이 무늬를 더듬듯 살고 있었다 장(腸)이 진정되면, 다시 티베트 여행길에 올라야지요 그러자 그대, 좀처럼 납빛을 털지 못하는 나를 내려다보며 말했다 그곳은 고원이라 공기가 없어요 그대를 만난 살얼음 낀 병실 복도 귀퉁이에서 한 채의 힘이 무너지고 있었다 병원 앞 숱한 바퀴자국 위로 폭설이 몰려오고 있었다 그날, 그대가 왔다 오래 지워지지 않던 숱한 주사 자국 새로 공기가 스며들듯 천천히, 아주 천천히

금

—단양 북상리

살다살다 꼬리를 잘라도 된다 싶을 때
부지런히 가보고 싶은 마을
무엇을 만져보려는 게 아니라
낯 붉히며 누군가를 훔쳐보겠다는 게 아니라
마을 초입을 비추던 햇살,
그리고 적당히 간격을 두고 얘기하는 나무들 그림자가
억실억실 마음을 밀었기 때문입니다
못을 박는 일처럼 내 삶을 밀어넣어도 좋겠다 싶은 마을,
번번이 몸 돌릴 수 있었던 것도
버젓이 그 마을에 금 하나 그어놓았기 때문일까요
비 그치면 달려가야지 하다가도
대책 없이 몰려든 나그네들이
개울 앞 돌멩이들을 다 주워 갔음 어쩌지 하는 생각에
발길 돌리고야 만 적 있었습니다

유독 몇 번을 혼자 지나면서 품어보았던
그 마을의 햇빛과 얼룩이 스며든 몇 장의 그림들은
여태 한 번도 마르지 않은 채로
머리에 가슴에, 창문에 걸려 기억을 받아내고 있습니다
아, 그러고 보니 그 금을 밟고 싶어
마음에 표시를 하거나
그 이상의 욕심 너머로 내달린 적 없습니다

나는 여기 먼 이국에서도 그 마을이 보고 싶습니다

시인들

1
나이 먹어서도 사람들 친근하게 못 맞아주더니
못된 놈처럼 자기만 아느라 독기로 밀쳐만 내더니
시인이라고 소개하는 이 앞에선
마음이 열리고 바다가 보인다

술 한잔 오가며
—시인들이 원래 그렇죠, 뭐
낯선 이의 말 같다 싶은 말에
편 하나 끌어들인 기분 되어
진탕 마시고 마시다가 바다 앞에 선다

—우리 잘하고 있는 거지?
처음 본 사인데 말까지 놓으면서
길에 핀 꽃대를 걷어차면서도 시시덕거리는
시인들의 저녁식사

유난히 쓸쓸해져 걸어 돌아오면 빈집 가득한 바람
누군가 왔다 갔나 킁킁거리면
늦은 밤 택시 타면서 밤길 잘 가라고 손 흔들던 시인
언제 들렀다 간 건지 바다 소리 들리고
무릎까지 들어온 갈대밭에 발자국이 찍혀 있다

2

어찌 사는가
방에 불은 들어오는가
쌀은 안 떨어졌는가

살면서 시인에게만 들었던 말
나도 따라 시인에게만 묻고 싶은 말
부모도 형제도 아닌 시인에게만 묻고
한사코 답 듣고픈 말

어찌할 것도 아닌데
지갑이 두둑해서도 아닌데
그냥 물어서 괜찮아지고 속이 아무는 말

옛 애인을 만나러 가다 말고
시 쓰는 이의 전화를 받고
그길로 달려가서는 대뜸 묻는 말

어찌 사는가
방에 불은 들어오는가
쌀은 안 떨어졌는가

숙주나물

유럽의 어느 나라인가를 여행하다 소도시 어느 가게에서 중국제 숙주나물 통조림을 발견했다 어머니가 도라지까서 새벽 시장에 넘겨주고 오는 길에 한줌 얻어오셨다던 어린 날의 숙주나물 생각에 속이 물컹해졌다 숙주나물무침과 미역국 달랑 그것뿐인 밥상 앞에서 자꾸 미안한 얼굴 감추지 못하셨던 그날은 나의 생일

어느 역사에서 굶은 배를 움켜쥐고 자려는데 베고 있던 배낭에 든, 숙주나물 통조림이 가물거려 잠들지 못했다 벌떡 일어나 철제 의자 모서리에 부딪쳐 겨우 통조림에 구멍을 내었다 그 좁디좁은 구멍으로는 숙주나물이 빠져나올 수 없을뿐더러 좁은 구멍 하나뿐인 깡통은 국물 한 방울도 떨궈주지 않았다 통조림을 뒤집어 들고 집게 모양의 손가락으로 숙주나물을 하나하나 빼 먹는 데 사력을 다했다 한 반시간쯤을 빼 먹었다 잡으면 끊어지고 잡으면 끊어지는 삶의 육질끄덩이

거지 똥구멍에서 콩나물 빼어 먹듯, 안간힘을 다해 하나하나 입속으로 욱여넣느라 엉치가 다 시큰거렸다 먹다 지쳐 숙주나물 깡통을 내던지고 보따리 속 항아리가 다 구워지는 날까지만 걷자며, 새 발가락이 돋아나올 때까지만 넘어지자며 날이 새도록 길을 걸었다 그때, 이십대의 정수리에 축축한 짐을 맡겨두고 먼길을 떠난 무렵

3부

저울

가슴이 두 근 반 세 근 반
그건 아마도 저울 바늘이 부산하게
왔다갔다하는 모습을 가리키는 말
힘차게 심장을 잘라 저울 위에 올려놓으면
바늘은 한 자리에 멎기 전까지
두 근 반과 세 근 반 사이를 왔다갔다하며
요동을 친다는 말
심장을 어디다 쿵 하고 올려놓고 싶어
눈이 멀 것 같을 때
놀랐다가 확확해졌다가 몸을 식히느라 부산한 심장을
흙바닥도 가시밭도 아닌 그저 저울 위에
한 몇 년 올려두고
순순히 멈추지 않는 바늘을 바라보고 싶다는 말

별

면아 네 잘못을 용서하기로 했다

어느 날 문자메시지 하나가 도착한다
내가 아는 사람의 것이 아닌 잘못 보내진 메시지

누가 누군가를 용서한다는데
한낮에 장작불 타듯 저녁 하늘이 번지더니
왜 내 마음에 별이 돋는가
왈칵 한 가슴이 한 가슴을 끌어안는 용서를 훔쳐보다가
왈칵 한 가슴이 한 가슴을 후려치는 불꽃을 지켜보다가
눈가가 다 뜨거워진다

이게 아닌데 소식을 받아야 할 사람은 내가 아닌데
어찌할까 망설이다 발신 번호로 문자를 보낸다

제가 아닙니다, 제가 아니란 말입니다

이번엔 제대로 보냈을까
아니면 이전의 심장으로 싸늘히 되돌아가
용서를 거두고 있진 않을 것인가

별이 쏟아낸 불똥을 치우느라
뜨거워진 눈가를 문지르다
창자 속으로 무섭게 흘러가는 고요에게 묻는다

정녕 나도 누군가에게 용서받을 일은 없는가

빨래

세탁기에서 빨래가 끝난 옷들을 꺼내다가
입던 옷가지들을 다 빨아 개어놓고
저세상 갔다는 사람 생각났다

무자비하게 엉킨 빨래를 풀다
세탁기 안에는 돌아도 어지럽지 않은 귀신이 사는지
득실대는 주름들을 화난 사람처럼 털어 펴며
문득 돌아간다는 일도 이처럼 아린 것이리라 생각했다

한철을 넘기지 못하고 비워버린 화분들이
문밖에서 떨어지는 빗물들을 한사코 받아 마심은
죄다 세탁기 통 속에 들어 사는 저 저릿한
어지럼들이 간섭한 일들은 아닐까 생각했다

빨래를 널다 큰일을 맞은 사람처럼 황급히 몸을 낮추는 건
하늘을 다 받아낼 듯이 양팔을 벌렸다 접었다 하는 내 모습을
쓰레기 투기 단속 카메라가 찍고 있는 건 아닐까 생각해서였다

빨랫줄 한쪽에 널린 시래기 옆에다
검은 물이 든 속옷을 널지 못하고 한참을 서 있는 나는
돌아갈 준비도 제대로 못하는

반편이 인생은 아닐까 생각했다

전갈(傳喝)

겨우 남긴 몇천 원으로는 택시를 탈 수 없겠다 싶어
서둘러 술자리를 벗어나
다급한 형편 되어 전철역을 찾는다
먹물 같은 바람이 얼굴을 때리는 밤
을지로3가 지하도에 들어서니 이불이며 상자 조각들을 펴던
부랑인 가운데 한 사내가
긴 지하도 저편에 대고 외치고 있다
—거기 시청 앞 용식이 아침에 밥 먹으러 3가로 오라고 해, 꼭
그 말을 받은 2가의 부랑인이
1가 쪽을 향해 소리치니 메아리가 메아리를 끌어안는다
—거기 시청 앞 용식이 아침에 밥 먹으러 3가로 오래
아쉽게도 꼭이란 말은 생략되었으나
1가의 부랑인은 시청 지하도 쪽으로 목청을 높이며
꼭이란 말을 보탰을 것이다
지하도가 굽은 길이 아니어서
마지막에 듣는 이도 다행이라는 생각이 들었을 한밤
표를 끊을 새 없이 겨우 몸을 실은 마지막 전철에서
먼 곳으로부터 메아리를 싣고 달려왔을
바퀴들의 수고가 고마워
나도 모르게 숨이 가지런해진다
아침에 일어나면 누군가를 불러
따뜻한 국밥 두 그릇 시켜 천천히 먹자 하고

나도 나에게 전갈을 보낸 뒤에
길고도 아름다운 메아리가 도착한 종점 즈음에다
자리를 봐야겠다

틈

태초에 간격이 있었다
그 틈은 좁고 메말랐다
그 틈에 사람이 살지 않아 소리가 났고
또 한편으로 적막했다
간격이 여러 개 있었다
간격이 허물어지고 또 헐거워지도록
틈은 자꾸 생겨났다

1
잠든 것은 겨울밤 한시인데
눈을 뜨니 담쟁이넝쿨이
넝큼넝큼 내 몸을 타고 오르고 있다
해 뜨면 입으리라 옷 다려놓았는데
깨끗이 몸 씻고 불까지 껐는데
담쟁이넝쿨이 한여름 오장육부까지
조이며 올라오는 아침
한번 타본 적 없이 봄의 간지러움이 지나간 건가
꽃 몸살의 법석도 지나간 건가

분명 눈 그치기 시작한 겨울밤 한시였고
잠들기 직전 한 일이라곤 한밤중의 면도와
몇 장의 명함을 버린 죄밖에 없는데
억세디억센 여름 잎줄기들이 몸을 감아
손을 올릴 수도 고개를 돌릴 수도 없다

봄 오면 멀리 간다 하던 어른을 배웅하며
표 한 장 끊어드릴까 했었는데
한 십 년 모시고 싶은 어른을 보내고 돌아서서
거울 앞에 술 한잔 부어놓고 누울까 했었는데

2
봄이었으리 기억하기 싫거나 기억나지 않는
겨울 습기를 몰아내고 벽에 칠을 하고
분명 마당 치우는 일을 했으리
그해 봄 유난히 많은 눈 사이로 난 검은 갈래길 위에서
동물적인 유랑을 떠올렸으리

삶이 말이 아니다 싶을 때 눈은 내리고
참을 수 없는 시간들이 밀려갔으리라
그 밀려가는 시간에 탔다가 눈을 따라 내렸으리

눈은 계속 광채를 뿌리며 시간을 재촉했지만
나 눈을 받아먹고도 미치지 못했으리
그때 거울을 메고 온 한 사람,
눈길을 걸어오더니 단단하게 붙어 살아보자
세상의 다디단 거짓말들과 눈 맞아 몰락해가자 했으리
분명코 봄은 지나갔으리라
그때 백 년 만의 큰눈 내려
때는 일찍 우리 곁에 당도했겠으나

울먹이느라 몰락의 난간에 서서 울먹이느라
문을 밀지 못했을 뿐

소식

1

해가 지면 문을 열어놓고
장사를 하겠습니다
빵이라도 쪄서 팔고
그 돈으로 술이라도 사놓고
기다리는 사람 되어 길목을 쓸겠습니다
슬픔을 보이면 끝입니다

2

소슬한 바람이 종이 끝에 내려앉습니다
나도 귀퉁이 한 끝에 가부좌를 틀고 눈을 감습니다
우박처럼 몰아치는 시간과
바람만이 성큼성큼 종이 위를 쓸고 지나면서
아, 하얗게 한낮을 건드립니다
오고 있는 것은 없고
지나가는 것도 없습니다
한데 당신은 어딘가로 가려 합니다
나는 죄짓지 아니하는데
허공이 엉덩이를 들썩이며 죄를 짓습니다
미처 오지 못한 것은 없고
가고 오지 않는 것도 없습니다

우리는 스무 살에 시를 쓰기 위해 집 하나를 빌렸다

그토록 많은 계단을 올랐다니
그토록 막막한 높이에 우리가 감금되었다니
믿어지지 않네요

1
내가 시름을 데리고 들어간 움막에
너는 약을 준비해놓고 잘 자라 했고
밤새 망쳐놓은 흰 종이들을 모아다
너는 그 무늬들을 외웠고
먼길에서 지쳐 돌아오면 매운 것들을 차려
문밖에 걸어두었고
자살한 친구 생각날 때, 눈감을 수 있게
한데로 나가주었다
그리고 돌아오지 않았지만
영영 흩어져 돌아오지 않았지만
남겨두고 간 신발들을 나, 달래주지 못했고

2
그리고, 정전
방안의 모든 수평을 더듬어
너희가 태우다 말았을 심지에 불을 붙인다
팽팽한 어둠이 창 너머에서 빨려들어오고
어둠 한쪽 구석, 너희가 떼어버린 미늘창이
불길하게 자릴 바꾸는 모습을 본다

울부짖으며 과거를 누설하는 그을음들이
길들여지지 않기 위해 아웅다웅하던
방의 냄새를 태우고 있다

3

나의 스무 살 연인은 물밑에 가라앉은 나무,
책갈피 사이에도 구겨넣지 못하는 한 그루 나무,
문 닫아도 밖에 서 있는 타 죽은 나무

사랑의 (무거운) 신호

채팅하다 대뜸 전화번호를 묻는 한 여자아이 전화 걸어 같이 살 수 있느냐고 묻는다 밥하고 빨래해주고 그러겠다 한다 나는 미친 사람처럼 웃는다 사랑해라고 다섯 번 말해달라 한다 얼굴도 보지 않은 아이 상관없어요 분명 아저씨가 날 사랑할 거니깐 나도 아저씨를 사랑할 수 있어요 그건 일도 아니에요

창밖에는 가랑비 내리고 문득 한낮이라는 사실이 무겁고 아프다 비를 피한 매미 담벼락 어딘가에 붙어 슬핏슬핏 우는 소리 들리고 눅눅한 마음에 달라붙은 벌레 몇 마리를 집어 재떨이에 옮긴다 아저씨 변태 아니죠 여기는 보수적인 데라 아저씨랑 팔짱 끼고 다닐 수가 없어요 아저씨 나한테 뭐 해줄 건데요 같이 한방 사는 친구들이랑 수영하러 갈 거라는 여자아이 묻지도 않았는데 재잘재잘 새처럼 소리 높여 술장사가 꿈이란다 수영하러 바다로 가는 거니

진주에 사는 아이가 서울엘 올라오겠다 한다 하루종일 암말도 않고 입만 맞추겠다고 한다 난 멀리 사는 사람이 좋아요 하룻밤 재워줄 수 있어요? 집에는 한방 가득 지린내 나는 옷더미 책더미에 책상이 두 개나 차 있고 나머지 한 방에는 달랑 나 혼자 누울 침대밖에 없으니 두 개 방이어도 오란 소릴 못한다

다시 누군가를 집에 들인다는 일이 상처가 된다는 것쯤은 안다 바람 잦은 밤이면 내 집 또한 앓는 소리를 낸다는 것쯤 모르지 않는다 몇 시간을 나갔다 돌아왔더니 자동 응답기에 남겨진 두 개의 메시지 얼굴도 모르는 아이 환멸이란 말을 아는지 모르는지 진주 사는 그 아이 달랑 전화번호만 들고 서울 올라가는 버스를 탔노라고 했다

인기척

한 오만 년쯤 걸어왔다며 내 앞에 우뚝 선 사람이 있다면 어쩔 테냐 그 사람 내 사람이 되어 한 만 년쯤 살자고 조른다면 어쩔 테냐 후다닥 짐 싸들고 큰 산 밑으로 가 아웅다웅 살 테냐 소리 소문 없이 만난 빈손의 인연으로 실개천가에 뿌연 쌀뜨물 흘리며 남 몰라라 살 테냐 그렇게 살다 그 사람이 걸어왔다는 오만 년이, 오만 년 세월을 지켜온 지구의 나무와 무덤과 이파리와 별과 짐승의 꼬리로도 다 가릴 수 없는 넓이와 기럭지라면 그때 문득 죄지은 생각으로 오만 년을 거슬러 혼자 걸어갈 수 있겠느냐 아침에 눈뜨자마자 오만 개의 밥상을 차려 오만 년을 노래 부르고, 산 하나를 파내어 오만 개의 돌로 집을 짓자 애교 부리면 오만 년을 다 헤아려 빚을 갚겠느냐 미치지 않고는 배겨날 수 없는 봄날, 마알간 얼굴을 들이밀면서 그늘지게 그늘지게 사랑하며 살자고 슬쩍슬쩍 건드려온다면 어쩔 테냐 지친 오만 년 끝에 몸 풀어헤친 그 사람 인기척이 코앞인데 살겠느냐, 말겠느냐

시작이 있었다

가시 하나 허공에서 내려와 살갗에 박힙니다 가시를 빼내려 불 밝히고 안경을 집어 써봐도 가시 하나 잡히지 않습니다 손가락으로 밀어내도 따가울 뿐 우연은 떨어지지 않습니다 맨밥을 욱여넣고 물로 넘겨봐도 우연은 멀리로 가 앉지 않습니다 며칠 만에 가시 하나 포르르 살갗을 떠납니다 살갗엔 아무 자국도 남지 않습니다 언젠가 칼 바늘로 꺼내어보리라 맘먹었지만 황급히 새처럼 날아가버린 그 자리는 싹이 난 자리처럼 아무 일도 없습니다

너른 땅에 기둥을 묻고 지붕을 올리는 시작을, 들에 나가면 해가 지고 나서야 돌아오는 시작을 했습니다 아침은 야무지고 단단한 것이었습니다 몸살이 걷히고 멀리 숲이 가까워 보이는 날에도 쉬이 쉬고 벌어지는 것이 아니었습니다 아름슈퍼의 안주인이 바뀌고 전신주에 올라간 전기기술자가 타 죽는 사이 (너)와 (내)가 태양을 이고 걸어오느라 팔 저리던 시작이, 문득 어느 겨울날 눈발로 날리다 이내 흩어지고 말았습니다 그 흩어짐을 올려다보는 사이 나이가 들고 키가 줄고, 마음을 뿌리째 뽑을 것 같은 저녁이 나를 거미줄에 매달려고 달려드는 것이었습니다

국화는 진하다

국화 화분 네 개를 삽니다
당신이 산 열한 개의 국화 화분에는
일곱 개 못 미치는 셈입니다
일곱 개를 다 맞추지 못하는 마음에
비린 햇발이 내려앉습니다
열한 개의 화분에 일일이 꼬리표를 달아
누가 가장 오래 살아남을지 내기하자며
하얀 이 드러내 보이던 당신
열한 개의 국화 화분을 들여놓은 방에서
옷을 다 벗고 죽었다고
멀리 있던 내게 소식 왔을 때는
삼 년 지나 마음 어둑해져 아무도 만나지 않는 때였습니다
그런 줄 모르고 왜 오지 않느냐고 물었습니다
왜 가을이면 지천으로 국화만 보내느냐고 물었습니다
버리려고 내놓았던 빈 화분 안으로 머리를 넣습니다
옛것이 생각나 쏟아지겠습니다
행여 짤막한 몇 줄까지 죄다 쏟아놓더라도
인연의 나중은 무겁습니다

4부

전생에 들르다

내 전생을 냄새 없고 보이지 않는 것으로 살았다면 서쪽으로 서쪽으로만 고개를 드는 바람이었을 것이고

내 전생에 소리 내어 사람 모은 적 있었다면 노인의 품에 안겨 어느 추운 저녁을 지키는 아코디언쯤이었을 것이고

그 전생에 일을 구하여 토끼 같은 자식들을 먹여살렸더라면 사원에 연못을 파며 땟국 전 내력을 한스러워하는 노예였을 것이고

그 전 전생에도 방랑을 일삼느라 한참을 떠돌았다면 후생에라도 다시 살고 싶어지는 곳에 돌 하나 올려놓았을 것이고

하여 이 생에서는 이리도 무겁고 슬프고

생의 딴전

제삿날도 아닌데 양초를 사러 나갔다가
빌 것도 없는 두 손으로 양초 한 갑을 받아들고
남은 마음으로 과자 부스러기를 산다
집으로 돌아오는 길
종일 글 한 줄 읽지 않은 듯해
성큼성큼 동네 한 바퀴를 도는데
사람들 추운 이마에 얼기설기 내려앉은 불빛들
그 불빛들이 따스해 보여 손 뻗었더니
흠칫 놀란 사람들이 등돌릴 채비를 한다
혼자 살다보면 머릿속 불은 환히 밝힐지라도
마음 불은 내비치면 탈이 되는 법

며칠 전 해질녘에도
횡단보도에 나란히 서서 신호를 기다리다 마주친
한 여인 입가의 점 하나
점이 밀어올린 도톰한 풍경
내가 반가워한 건 풍경 그늘인데
화들짝 짜증을 내며 뒷전으로 물러서는 여인
이쯤에서 그을음은 마음 안으로 밀려들어오고
닫아걸어야 할 창문 안쪽에는 서름한 빛 몇 줄기만 겸연하다

혼자 사는데 초라도 켜놓으라고
누군가 말해줄 것만 같다

혼자 사는데 더 어둑해지라고
누군가 골목을 지나면서 손 흔들어줄 것만 같다

큰 꽃 보러 갔다가

애초에 이 몸 작고 가볍고 무딘 짐인 줄 알았습니다 하나 가볍지 아니하고 작지 않은 척 저 쏟아지는 꽃들을 다 받치고 서보니 사람이 밟고 지나며 어지르는 일 죄만 같습니다 함양 지나 산청 지나 남원 지나 거창 창녕 지나 무주 지나 저 굽이굽이를 헤치고 살던 사람들 낯을 대하니 저녁 물가에 코를 들이대는 일처럼 그저 비럽니다 비비고 비벼 비린 속살입니다

꽃 보러 갔다가 꽃이나 밟듯

좋은 사람들 맺은 인연으로 꿀을 훔쳐 돌아오는 날 꼭 열 달을 숨어살다 배를 갈라야 할 때를 만난 것처럼 영 운전하기 뭣한 밤길, 차를 몰다 눈감아버렸습니다 동공 안으로 날개 펼친 꽃들이 치꽂혀 눈뜨지 않았습니다 바퀴 타는 내가 나고 어둔 밤하늘에 창칼이 부딪쳐 불꽃이 튀는데도 저는 버젓이 살아 자꾸 뒤돌아보는 목숨입니다 큰 꽃대처럼 꼿꼿이 피 흘리고 서서, 질질 오좀을 흘리고 서서 애당초처럼 마냥 작고 가볍고 무딘 꽃잎 되어 이 슬픔 따라 어디 먼 데로 실려가 잘 삭아도 좋겠다 생각하는 봄 언저립니다

저 몸살

펄펄 끓는 물에 손을 넣어도 뜨겁지 않네
달아오른 숯을 잡아도 뜨겁지 않네
사흘째 가구 삐걱이는 소리에 놀라거나
골목 저 멀리서 들려오는 신발 끄는 소리에 놀라
잠결에도 내가 연필 떨어뜨리는 소릴 듣네

서둘러 도착한 바람, 시큼하디시큼한 족속들
몸안에서 만 리를 돌더니
길 위에 어질러진 잎새들을 끌어다놓고
서걱서걱 약기운을 밟고 지나다니는데
나는 겁없이 마알간 사랑이나 생각하다
잘 구워진 고기 한 점이나 간절해하며
벽에다 사방연속무늬 얼룩을 뱉네
생에 단 한 번 불타오르는
꽃대를 잡아도 뜨겁지가 않네

억세게 태어나 늑대 머리 말을 타고 봄 들판을 지나
단번에 가을을 질러 겨울에 도착한 비린내
내 몸에 들어와 독을 찾아 마시고 밤새 책을 쓰다
마침내 일어나 앉아 나를 흔들고 있기 때문
하룻밤만 있겠다더니 방을 내놓으라며
나를 토막내 마당에 던져놓았기 때문

아무것도 아닌 슬픔

아이는 마당에 나와 흙을 집더니
입을 크게 벌리고 흙을 털어넣습니다
아이는 꿀꺽 흙을 삼키고 나무 옆으로 기어가
나무 허리에 자기 배를 문지릅니다
소화를 시키려는 것인지
무서운 것인지 웃통을 벗어던지더니
모래를 쥐어 얼마 안 되는 배꼽에 채워넣습니다
아이는 한참을 그러더니
그네에 앉아 거미줄을 올려다봅니다
감옥을 가르쳐주고 싶었습니다
맨살에 가 닿자마자 피가 솟구치는
지구 저편의 소란을 들려주고 싶었습니다
물살에 홑청이 흘러가듯 창문 너머
아무것도 아닌 한 아이가 소문을 씻어내고 있습니다

마알간 잔을 들어 허공에 비춰 보면
낯익은 무늬들이 허공의 편입니다
이면지를 들어 허공에 비춰 보면
복도의 물기들이 허공의 편입니다
나는 누구의 편이 되어본 적 없는데
숲도 숲의 편을 들지 않았는데
편을 먹어 땅을 넓힌 족속이 있습니다
당신이 놀다 간 자리를 들어 허공에 대보면
눌린 솜의 결들도 허공의 편입니다

포도주로 벌게진 얼굴을 허공에 대보면
잔을 드는 사이 퍼졌던 소문들도 죄다 허공의 편입니다

새어머니

1

그녀의 말은 들으면 안 된다
그녀의 임자가 소문을 낸다
그녀는 말이 많고
발가락 힘만으로도 방을 옮길 수 있지만
그녀와 한편이 되면 안 된다
그녀의 땅도 밟으면 안 된다
그녀의 애비가 달려든다
반듯한 시냇물을 돌려놓는다
굶주린 세상의 잎들이 지긋지긋 나무를 갉아먹듯
그녀의 말이 뒤통수를 치고 그녀의 말이 피를 뽑는다
한번 그녀를 모신 꽃들이 거침없이 술로 망한다

2

어머니, 당신이 앓았대도 당신을 돌보지 않았을 것이다 대신 발정난 비둘기가 당신의 고통에게 봄볕이 탁하다고 이를 테고 어머니 당신은 밑이 터진 자루로 아픈 몸을 담으려 할 것이다 머리를 빗지 않은 채 당신은 웃겠지만 당신 머리 위의 그 한 세월이 얼마나 시큼한 것인지를 비추는 하늘 아래 어머니, 덕분에 여러 번 웃을 일이 없었다 모두 당신이 장딴지로 가린 내 집들 때문이다 참 여러 번 나비를 쫓는 꿈을 꾸었대도 당신은 당신의 자리에서 단 한 번도 문밖의 몸들을 거절하지 않을 것이며 당신은 당신의 습(習)으로 인해 망하지 않았을 것이다 욕들이 당신의 발치에 쌓여도 일부러 모르는 척 당신은 이불을 말리고 굴뚝을 타고 오르는 개미떼의 행렬을 끊을 것이다 어제 당신의 근처에 갔었다 어제의 어제 난 그것을 말하지 않았고 어제의 어제의 어제 당신은 죽어 없어져 버렸다

한 손이 다른 한 손에게

1

오래도록 해가 뜨는지, 지는지를 지켜보는 사람, 한사코 해가 늦으면 왜 늦는지를, 이르면 왜 이른지를 의문스러워하는 사람, 해가 수박통을 들고 움직이는 동안 어디로 가 있어야 할지를 오래 망설이는 사람, 아버지, 찾아오라시던 농약 한 병 가져왔습니다, 여기.

2

사랑할 것이 없어 끗발을 버리고 사랑을 버린 채 보리수가 될란다. 무자비하게 마른 나무나 될란다. 밤사이 짐승들이 놀다 간 자리에 덩굴로 우거져 있을란다. 이제는 붉은 해 안으로 걸어들어갈 준비가 되었단다. 막막 하늘 아래, 다시는 좌판 벌이지 않을란다.

3

이웃들이 달려와 손잡아도 불안을 가리려 산에 오르던 사람, 기어코 옷을 다 껴입더니, 아슬아슬하게 하나씩 벗던 사람, 앉아 있던 자리에 올 누군가를 위해 남루한 방석 하나를 던져주고 가는, 아버지 여기가 아름다웠습니까. 한세상 구두코에 생각을 올려놓으시더니 웃음 끝에 안경을 벗는 아버지, 닳고닳아 작아진 지팡이로 저 문을 찢는 아버지.

고욤나무

폭포 내려오는 길에 거대한 나무 하나 넘어져 있다

오르는 길에는 보지 못했는데 내려오는 길에 본다

아마도 어젯밤 일이었을 것이다 하도 오랜만에 비 내려 그 비를 반가워하다 발을 접질렸을 것이다

밑동이 한 바퀴 휜 것을 보니 어느 쪽으로 넘어질 것인가를 고민했던 상체의 흔적이 역력하다 사람 오르내리는 길 모른 체하고 개울 쪽으로 누워 스스로 집이며 몸이며 경(經)인 사랑을 염하고 있다

밑둥치에서 놀던 벌레들은 얼마나 놀랐을꼬 얼마를 놀라 얼마를 기어 달아났을꼬 넘어지는 큰 나무를 몇 개 가지로 받아내던 이웃 나무는 가지를 잃고 얼매나 흔들렸을꼬

어루만져주고 싶어 명치가 어디께인지를 더듬다 뽑혀나간 손톱을 본다 사력을 다해 허공이라도 잡으려 뻗었다가 빠졌을 손톱 소리 쟁쟁하다

폭포 내려오는 길에 큰 나무 하나 넘어져 개울물에 배를 띄우고 있다

조선족 여인

구로공단 전철역 남자 화장실에서 본 낙서 같은 글씨.
'연변에서 온 최양. 28살. 동거 남 구함. 017 ××× ××××'
그 서툰 글씨를 본 며칠 후
위층 옥탑방으로 한 여인이 이사를 왔다.

옥탑방에서 배수구를 타고 내려오는 물소리

한밤중이나 새벽에 깨어 멀거니 혼자 앉아 있게 하는 소리

늦은 밤, 옥탑방에서는 밥 짓는 연기 비둘기처럼 날고

한 벌뿐인 원피스가 삭은 줄에 걸려 야위어가고

흐르다 말고 혼자 올라갔다 혼자 내려오는 내 물소리

한 그릇 국수를 말아 먹이고 싶은데 말 걸지 못하고 여인네의 목덜미에 번지는 내 물소리

내 마음의 동굴, 독사 한 마리

내 탓이 아니다 동굴 앞 강가에서 비늘을 씻던 뱀 한 마리, 목말랐다며 심장을 씻는 모습이 목메었기 때문이다 바람이 동굴 앞에다 씨를 가져다놓은 줄 알았는데, 키 큰 나무들이 엎드린 줄 알았는데 허구한 날 숲을 빠져나와 내 이마를 건드리고 가는 한 마리 뱀 아침마다 동굴 앞에 물 한 동이를 길어다 소용돌이 만들고 가는, 어두운 허방 가운데다 불을 놓고 가는 도도한 이

내 마음이 시킨 일이 아닌데 더군다나 희망이 시킨 일도 아닌데 이 세상에 떠도는 게 아니란 생각이 드는 말 이 세상 돌과 바람과 햇빛하고도 빚어지지 않는 말이 들렸다—한 일 년쯤 이곳에서 당신 허물과 살아보고 싶군요

이 세상 소리가 아니었다 지독한 말의 성충들이 동굴 안으로 몰려와 수십 마리 새끼를 낳았다 그 말이 바다에 가 닿는 일이 그 말이 시키는 풍경이 어지러움투성이였다 눈은 내려 쌓이기 시작했건만 발자국 한번 찍지 않고 신성한 가을 겨울을 살았다 소리를 작파한 적막 속에서 열매를 아껴도 배고프지 않았다 그 말 때문이었다

오래된 사원

나무뿌리가 사원을 감싸고 있다

무서운 기세로 사람 다니는 길마저 막았다

뿌리를 하나씩 자르기 시작했다

그러자 사원의 벽돌이 하나씩 무너져내렸다

곧 뿌리 자르는 일을 그만두었다

오래 걸려 나를 다 치우고 나면 무엇 먼저 무너져내릴 것인가

나는 그것이 두려워 여태 이 벽돌 한 장을 나에게 내려놓지 못하고 있다

5부

자전거

녹슨 물이 하늘을 덮는 세상 끝나는 날, 집 앞에 세워 두었다가 잃어버린 자전거를 닮은 자전거를 사야겠다

성을 물려주지 못하는 개미들의 아비 되어 꽃밭의 사정이나 살피다 세상 끝나는 시간, 자전거를 타고 그의 집과 내 집 사이로 난 오르막길 한가운데를 달려야겠다

마지막으로 누군가를 사랑하는 일은 춥겠다

자전거를 타다 넘어져 문득 누군가 그리울 때 내가 알던 말, 이름 곁에 생각난 듯이 자전거를 세워놓아야겠다

마침내 추운 바람 불고 어둠 시작되는 세상 끝나는 시간, 나는 맘놓고 불러보지도 못한 이름들 곁에 가만히 누워 있어야겠다

내 마음의 지도

1
자주 지도를 들여다본다
모든 추억하는 길이 캄캄하고 묵직하다
많은 델 다녔으므로, 많은 걸 본 셈이다
지도를 펴놓고 얼굴을 씻고,
머릿속을 헹궈낸다
아는 사람도, 마주칠 사람도 없지만
그 길에 화산재처럼 내려 쌓인다
토실토실한 산맥을 넘으며,
온몸이 젖게 강을 첨벙이다
고요한 숲길에 천막을 친다
지도 위에 맨발을 올려보고 나서도
차마 지도를 접지 못해 마음에 베껴두고 잔다
여러 번 짐을 쌌으므로 여러 번 돌아오지 않은 셈이다
여러 번 등돌렸으므로 많은 걸 버린 셈이다
그 죄로 손금 위에 얼굴을 묻고
여러 번 운 적이 있다

2
깊은 밤, 나는
그가 물을 틀어놓고
우는 소리를 자주 들었다
울음소리는 물에 섞이지 않았지만
그가 떠내려 보낸 울음은

돌이 되어 잘살거라 믿었다

모란

열흘 붉은 꽃이 지자
늘 오가던 길을 잃고
볕에 잘 내놓은 마음마저 식네

어디로 갔을까
마당에 하릴없이 백묵 가루를 뿌리고는
선을 긋고 지우던 나무 그림자와
아침이면 창에 매달려 보채던 물방울들과
한번 문지방을 넘은 개떼
봄 내내 돌아오질 않아 불을 밝혔더니
사흘 밤낮으로 불이 옮겨붙네
헛것을 태우고 절벽까지 다 태우고
열흘 우거진 마음을 태우네
어디로 갔을까 이 얇고 착한 소란들

독수리떼처럼 발톱을 세우고
봄날 기승을 부리던 감정 위에
수상한 무늬가 내려와 앉더니
어느 날 소식 기둘리기를 작파하고 마음이 휘네

넘어져 사방 모서리가 해진 자리에
나무가 사라진 뒤 길이 와도
아무도 걸으려 하지 않는 자리에
어제와 똑같이 아프고 나아도 아픈 자리에

먹다 남긴 국이 상한 걸 들여다보는 노여움처럼
꽃잎은 주름 잡히고
한 장 한 장 세월의 밑바닥이 허공의 뒷덜미를 잡아내리네

전세

어딜 가든 한 달쯤 그곳에서 살 수 있을까 생각하는 노인은 맥 놓고 아무데나 주저앉아 풍경들을 눈알에 넣었다 감췄다 싸움을 했다 이렇다 할 징표 하나 남기지 않고 자리를 뜨곤 하는 노인을 두고 사람들은 이제 일흔을 바라본다 했다 가진 것 다 팔아 전세를 얻어 맘놓고 어질렀다는, 그제야 흐느껴 울었다는 노인 이(李)씨

마비된 반쪽 몸을 한참을 옮기다가도, 반쪽 살을 발라 햇빛을 섞어 말리다가도 집은 멀다 숨이 차 그늘에 앉은 이씨에게 집은 현실처럼 멀다 공원 한 바퀴를 다 못 돌았는데 공원 몇 바퀴를 돌고 있는 노인들이 가만 앉아 있는 이씨에게 세(貰)를 가져왔느냐 묻고 연못 수면에서 놀던 나뭇잎들은 운동복처럼 무거워지고

해가 진다 갈비뼈 사이사이에 병을 넣고 너무 멀리까지 나왔다 해는 답답해지고, 노인의 양어깨를 누르는 어둠에 쓸리다보면 방으로 돌아가는 길이 꽤 된다 흐느적흐느적 철삿줄 하나라도 아쉬운 이씨가 받칠 것 하나 찾느라 허풍처럼 발 하나 들고 서 있다

주소를 받다

십 년 만에 당신의 편지를 받아보았습니다 다리 앞을 지나던 내 자전거에 물을 뿌렸던 쌀집 사는 명자씨 해 질 무렵이면 내 집 앞 가로등 불을 켜주러 들르곤 하던 명자씨 꽃 진 자리에 사람 하나 빠져나갈 틈 벌어졌다고 방치우고 떠나던 날에 뜨거운 비 들이치고 깡통 구르던 슬픔을 차마 내 것인 양 건드릴 수 없었습니다 당신이 계신 곳으로부터 저 사는 천변까지 우르르우르르 탱크 같은 눈덩이가 굴러옵니다 하마터면 그 큰 눈덩이에 깔린 벌레가 될 뻔했지요 당신의 살이 통통한 글씨, 명자씨의 눈가를 닮아 주름진 자음 아, 난 그 많은 갱지 위의 새끼를 일일이 씻기고 핥느라 허리가 휘었지요 광목 위에 죄들을 쏟아놓고 돌아온 사람처럼 이제 세월의 물살과 뿌리와 계단들에게도 점찍을 참인가요 당신의 안부를 듣고 나니 이가 시큰거리고 책꽂이가 넘어옵니다 방안의 귀신들 광포해집니다 꽃밭에 도착하셨군요 문지방도 넘지 못하는 저에게 지옥을 보내셨습니다 누구나 세상에 남겨두고 갈 법한 몇 푼 빚까지 챙겨간 명자씨 그저 쉬이 얼굴 쓰라리고 마음 아플 그곳에서도 사람들 가슴에 박힌 불 꺼질세라 지켜내고 계십니까 사람 냄새 팔아치우지 못해 여전히 퀘퀘한 가슴 환해지라고 숯을 갈아 보낸 명자씨 숨겠다 찾지 말라시더니 지도라도 짚어보라는 건지 겉봉에 주소를 적어 부친 명자씨

첫사랑

젊은 날 우리 한 사랑을 돌아보지 마오

눈 비비면 후드득 떨어지는 소금 같은 시절
뙤약볕 아래
물 새는 병을 쥐고 서서
뽑을 것처럼 머리채를 움켜쥐고 극치를 맞던
몸부림을 곱씹지 마오

몸 구석구석 철조망에 긁힌 자국과
때운 살점들 자리
몸에 박혀드는 못 냄새를 맡는 일처럼
젊은 날 묶어 치운 열매들을 꺼내지 마오

단 우리가 열일곱으로 돌아갈 것인가만 생각하오
이 세상 다 신어야 할 구두는 얼마나 많을 것인지
질식해 죽을 것만 같은 아침
이마에 내려앉은 슬픔의 그림자 따라
좋은 옷 한 벌 훔쳐 내달릴 수 있을 것인지

문득 우리가
우리가
열일곱 살로 돌아가
첫 술을 마신다면

어느 어두운 방에서의 기록

삼월
비워둔 화분에 고인 빗물이 자꾸 없어지겠구나
죽거나 살거나 하는 시간의 기록지 위에
또 한 사람을 눕히는구나
그대가 까마귀떼 맴도는 바람의 중심에
그 사람 입다 간 옷가지들을 걸었구나
오지 않은 봄마저 고스란히 남겨두고 가는 사람을
배웅하는 그대 모습이
저물 무렵 바지랑대에서 빛나는 속옷보다 더 희구나

사월
밤새 별과 그 사이의 어둠과
집을 찾지 못하는 것들이
뒤척이는 소리를 듣느라
너의 마음에 결석을 했네
해진 각(角)을 꿰매지 못하는 달그림자와
번호를 지우며 잠을 청하는
나무들과 얘기를 하느라
한 무리의 짐승들이 떠나는 밤길에 동행하지 못했네

칠월
가을엔 떠날 것이네
세상의 옷 벗은 나무들 사진 찍어주러
짐도 싸지 않고 그렇게 떠날 것이네

취기를 빌리지 않고 돈도 갚지 않고 갈 것이네
가을과 밀물 사이를 한눈팔지 않고 직행할 것이네
바람 다음에 오는 신호가
떨어지기만을 기다릴 것이네

팔월
여름 내내 나를 데웠던 윗집 현악기 소리
내 살에 와닿는 울림을 쳐내느라
천장을 올려다보는 일이 많았네
더운 바람마저 혈관을 휘젓고 빠져나가는 날엔
누구나 닿고 싶은 것에 닿지 못했네
몸을 빠져나오는 찌꺼기들과
쥐도 새도 모르게 갉아먹히는 마음들,
그 더미 속으로 섞여들지 못하고
여름엔 지우는 일이 많았네
무엇보다 미워하는 일이
허무는 일이 많았네

십일월
마음의 등걸에 첫눈이 쌓이네
바람 부는 날이 되어서야
기차 소리를 겨우 듣고
짤막한 확성기 소리에 밖이 궁금했네
누구도 만난 적이 없는 십일월,

누구라도 열쇠로 문을 따고
어둑신한 내 몸 뒤로 난 길
그 한가운데로 내몰아줬으면 했네

오, 비린 것

집 앞에서 병원까지는 멀기만 한데
한낮에 환자복을 입은 사람들이
집 앞 평상에 앉아 한참을 있다 간다.
몸 성치 않은 사람들이 이 골목 저 골목을 기웃거리다
평상을 발견하고는 넋 놓고 앉아
골짜기 끝 먼 데를 한없이 바라보다 간다.

새벽 두시에서 네시 사이
집 앞에 머물다 가는 여인네는
머리에 짐을 잔뜩 이고 와서는
평상 위에 내려놓고 먼 밤하늘을 바라보다 갑니다
달이 차면 손에서 소리가 날 정도로 소원을 빌다가
소리 내어 울기도 하다가
짐 속에서 곡식 같은 걸 꺼내 이 손에서
저 손바닥으로 옮겨보기도 하다가
성냥개비 가득 어질러진 골짜기를 치우며 사라집니다
그 바람에 두시에서 네시 사이의 고양이들은
쓰레기봉투 뒤지는 일을 못하고
나는 불 꺼진 이층 방안에서 서성입니다
고통이 차면 고통에 살을 파먹히느라 머리통에 난 구멍으로
슬근슬근 철근이 비어져나온다고
여인은 중얼거리다 가는 것 같습니다

어떤 생은 건달이었다가
어떤 생은 철저히 비렁뱅이였다가 왔겠지요
그랬으니 이 생은 고상하게 꽃이나 보고
새소리에 마음을 아파하다 하릴없이 목이 메겠지요
왜 왔다 가고 가고 또 오느라
왜 생은 자꾸 고요한 수면을 건드리는 것일까요
종일 비린내가 머물다 가는 통에
물기 마를 날 없는 집 앞 평상 다리가 썩고
깊은 밤 평상에 나가 앉아 있을 순서를 차지하지 못해
저릿저릿 서성대는 새벽
어찌하면 내게 기대어놓은 이 비린내를 치울 수 있을까요

출장

한참 만에 집으로 돌아와 창문을 연다
아는 이가 세상을 떴다는 음성 메모가 빈집 가득
그 몇 안 되는 빛이
집안을 폐허처럼 드러나게 한다

개수대 오물 구멍에서 자라난
제법 키 큰 콩싹 하나
아, 콩밥을 지으려다 흘렸는지 미처 떠내려가지 못한 콩
적막을 잘못 디뎌 터져버린 살
수척한 낯빛의 콩싹이 머리를 든 정충 같다
창가의 식물들은
편히 죽지 못한 사람처럼 사지가 틀어졌건만
그도 생명이라고 한사코 집을 지키고 있었구나
혼자라도 기웃대는 목숨이고 싶었구나
짐 가득한 방문을 열고 들어가 못을 치고
그 나라를 서성이는 콩싹 하나

한참을 서성이다 트렁크를 여는데
뒤에서 중얼거리는 콩싹의 신음 소리 바람 소리

난 아직 문 열지 않았으니
너는 문밖에서 오래 기다려다오

인사동 0시, 1초 동안

술병 걷어차지 말아라 허공에 시비 걸지 말아라 인간에 관한 문제는 뒷전에 묻어두라 술이 인간을 마셨다 술이 인간을 먹어버렸으니 세상에 주먹질할 일 더더군다나 없다 더 가난해지더라도 술이 시키는 순종을 피할 순 없으니 좀 살 만하더라도 녹슬어 흐르는 목숨을 어쩔 순 없으니

삶이 몸통을 내놓기 시작하는 시간, 택시가 잡히지 않는 밤에 대고 울부짖는다 나를 집이 아닌 곳에 데려가달라 수평을 보면 눕고 싶고 안개를 보면 목이 마른 시간 술을 흘린 종아리가 서너 근, 이 낯선 소용돌이의 눈깔은 수백 근

기억 닿지 않는 곳에 몸을 쓰러뜨려 일어나지 않으면 어떠리 골목길에 업의 토막들을 줄 세워놓고 맨 나중 토막에 막막한 돌 하나 매달아놓은들 어떠리 술병 걷어차지 말아라 연습도 말아라

화분

그러기야 하겠습니까마는
약속한 그대가 오지 않았으면 좋겠습니다
날을 잊었거나 심한 눈비로 길이 막히어
영 어긋났으면 하는 마음이 굴뚝같습니다
봄날이 이렇습니다, 어지럽습니다
천지사방 마음 날리느라
봄날이 나비처럼 가볍습니다
그래도 먼저 손 내민 약속인지라
문단속에 잘 씻고 나가보지만
한 한 시간 돌처럼 앉아 있다 돌아온다면
여한이 없겠다 싶은 날, 그런 날
제물처럼 놓였다가 재처럼 내려앉으리라
햇살에 목숨을 내놓습니다
부디 만나지 않고도 살 수 있게
오지 말고 거기 계십시오

좋은 사람들

우리가 살아가는 땅은 비좁다 해서 이루어지는 일이 적다 하지만 햇빛은 좁은 골목에서 가루가 될 줄 안다 궂은 날이 걷히면 은종이 위에다 빨래를 펴 널고 햇빛이 들이비치는 마당에 나가 반듯하게 누워도 좋으리라 담장 밖으론 밤낮없는 시선들이 오는지 가는지 모르게 바쁘고 나는 개미들의 행렬을 따라 내 몇 평의 땅에 골짜기가 생기도록 뒤척인다 남의 이사에 관심을 가진 건 폐허를 돌보는 일처럼 고마운 희망일까 사람의 집에 사람의 그림자가 드리워지는 일이 목메게 아름답다 적과 내가 한데 엉기어 층계가 되고 창문을 마주 낼 수 없듯이 좋은 사람을 만나 한 시절을 바라보는 일이란 따뜻한 숲에 갇혀 황홀하게 눈발을 지켜보는 일 (지금은 적잖이 열망을 식히면서 살 줄도 알지만 예전의 나는 사람들 안에 갇혀 지내기를 희망했다) 먼 훗날, 기억한다 우리가 머문 곳은 사물이 박혀 지낸 자리가 아니라 한때 그들과 마주잡았던 손자국 같은 것이라고 내가 물이고 싶었던 때와 마찬가지로 노을이 향기로운 기척을 데려오고 있다 날마다 세상 위로 땅이 내려앉듯 녹말기 짙은 바람이 불 것이다

문학동네포에지 092

당신은 어딘가로 가려 한다

1판 1쇄 발행 2003년 10월 28일
2판 1쇄 발행 2005년 4월 8일
2판 14쇄 발행 2020년 7월 10일
3판 1쇄 발행 2024년 10월 20일

지은이—이병률
책임편집—김민정
편집—유성원 김동휘 권현승 유정서
표지 디자인—이기준 박현민
본문 디자인—박현민
저작권—박지영 형소진 최은진 오서영
마케팅—정민호 박치우 한민아 이민경 박진희 황승현
브랜딩—함유지 함근아 박민재 김희숙 이송이 박다솔 조다현 정승민 배진성
제작—강신은 김동욱 이순호
제작처—영신사

펴낸곳—(주)문학동네
펴낸이—김소영
출판등록—1993년 10월 22일 제2003-000045호
주소—10881 경기도 파주시 회동길 210
전자우편—editor@munhak.com
대표전화—031-955-8888 / 팩스—031-955-8855
문의전화—031-955-2689(마케팅), 031-955-8865(편집)
문학동네카페—cafe.naver.com/mhdn
인스타그램—@munhakdongne / 트위터—@munhakdongne
북클럽문학동네—bookclubmunhak.com

ISBN 979-11-416-0142-3 03810

www.munhak.com
문학동네